Disney's
La Belle et la Bête

P **Phidal**

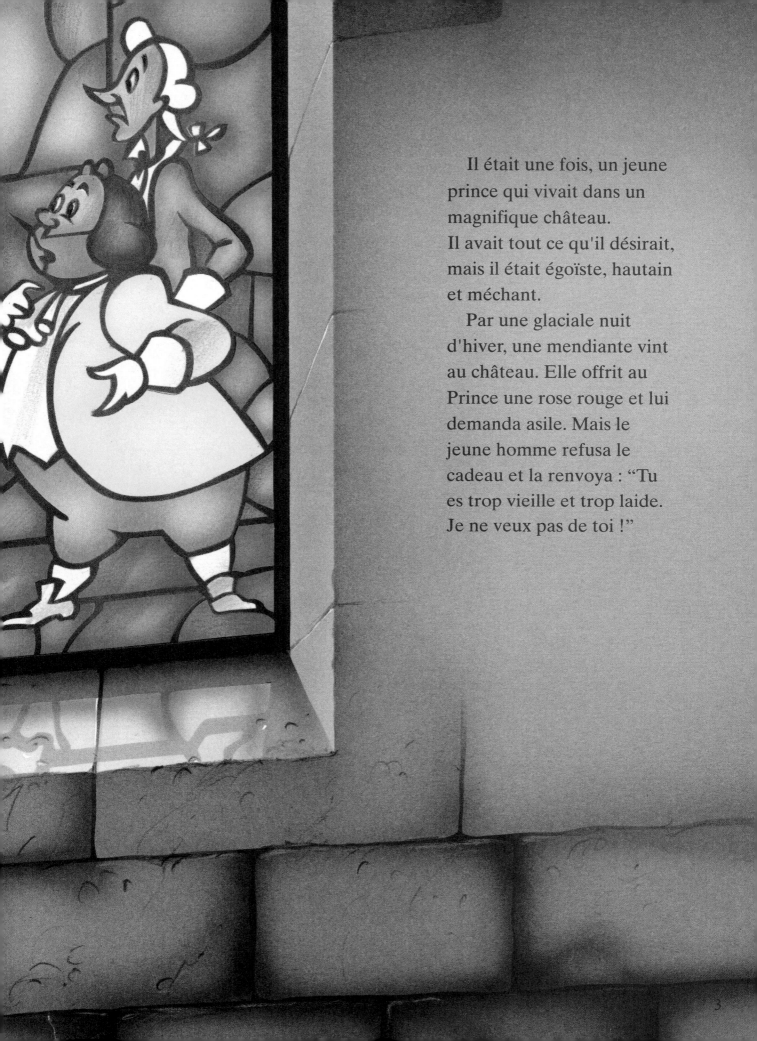

Il était une fois, un jeune prince qui vivait dans un magnifique château.
Il avait tout ce qu'il désirait, mais il était égoïste, hautain et méchant.

Par une glaciale nuit d'hiver, une mendiante vint au château. Elle offrit au Prince une rose rouge et lui demanda asile. Mais le jeune homme refusa le cadeau et la renvoya : "Tu es trop vieille et trop laide. Je ne veux pas de toi !"

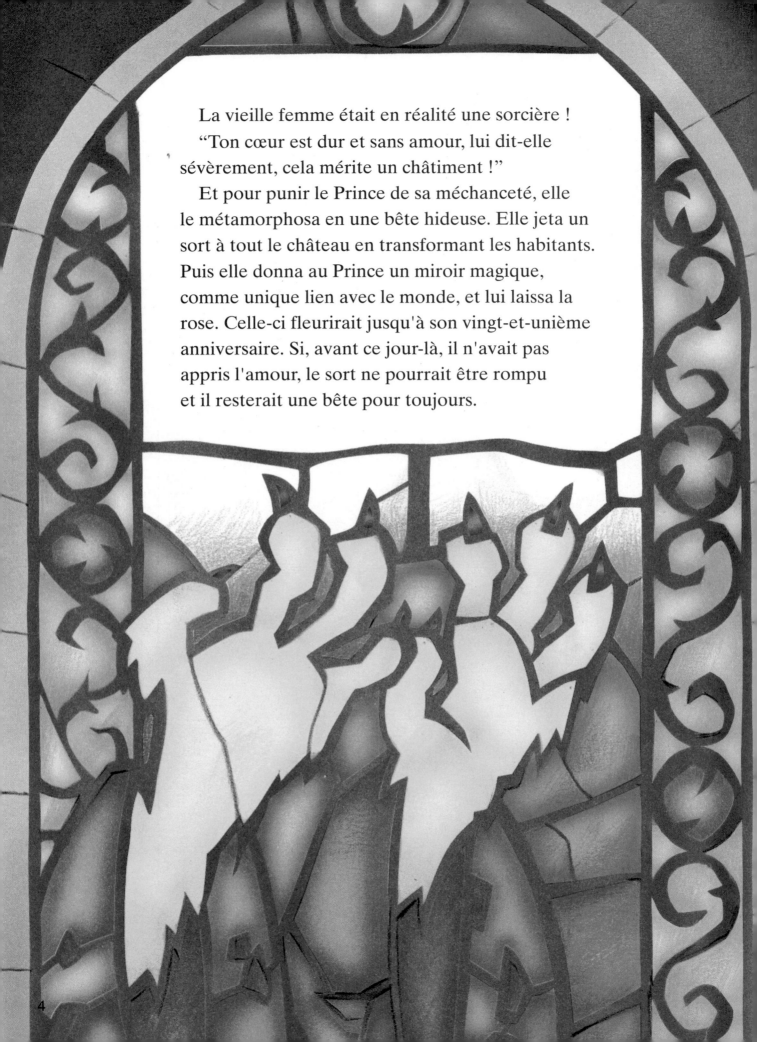

La vieille femme était en réalité une sorcière !

"Ton cœur est dur et sans amour, lui dit-elle sévèrement, cela mérite un châtiment !"

Et pour punir le Prince de sa méchanceté, elle le métamorphosa en une bête hideuse. Elle jeta un sort à tout le château en transformant les habitants. Puis elle donna au Prince un miroir magique, comme unique lien avec le monde, et lui laissa la rose. Celle-ci fleurirait jusqu'à son vingt-et-unième anniversaire. Si, avant ce jour-là, il n'avait pas appris l'amour, le sort ne pourrait être rompu et il resterait une bête pour toujours.

Dans un joli petit village non loin du château, vivait une ravissante jeune fille nommée Belle. Les villageois l'aimaient bien mais ne la comprenaient pas vraiment ; quelle drôle de fille ! Toujours le nez fourré dans un livre… En effet, Belle n'aimait rien tant que les contes où l'on parlait de pays lointains, de sorcières, de magie et de princes charmants.

Ce jour-là, Belle était si fort plongée dans sa lecture qu'elle ne remarqua pas que le beau Gaston, la coqueluche des filles du village, se trouvait devant elle. Le garçon avait décidé de l'épouser : "C'est la seule digne de moi !" disait-il à qui voulait l'entendre. Mais Belle, qui le trouvait vaniteux et sot, ne faisait nulle attention à lui. Au moment où Gaston s'apprêtait à lui adresser la parole, un bruit d'explosion retentit, venant de la maison de Belle. "Papa !" hurla-t-elle en bousculant Gaston et en se précipitant vers le lieu du sinistre.

La maison était envahie par la fumée, mais au grand soulagement de Belle, Maurice, son père, paraissait sain et sauf.

"Qu'est-il arrivé, papa ?" demanda la jeune fille, contemplant la pièce dévastée. "Jamais je n'arriverai à faire marcher cette fichue machine !" fulmina le vieil homme. "Mais si, Papa, tu es un inventeur de génie !" assura sa fille.

"Mais je n'ai plus qu'à tout recommencer !" soupira Maurice.

"Il le faut, Papa, l'encouragea Belle. Ainsi, tu gagneras
le premier prix à la foire demain. Et avec tout cet argent,
nous pourrons partir d'ici, avoir une belle maison
avec une grande bibliothèque !"
Rasséréné par la confiance de Belle,
Maurice se remit au travail.

Par miracle, tard dans l'après-midi, l'engin de Maurice se mit à fonctionner. Il avait réussi ! Belle aida son père à installer l'invention sur la charrette : "Je compte sur toi pour guider Papa jusqu'à la foire", dit Belle à Philippe, leur fidèle cheval. Et ils se mirent en route.

Mais bientôt, un épais brouillard envahit le chemin et Philippe ralentit son allure. "Nous n'arriverons jamais à temps ! déclara Maurice. Allez, Philippe, on va prendre un raccourci."

Les voyageurs coupèrent à travers la forêt. Le brouillard s'épaississait
et le soir tombait. Philippe hennissait nerveusement. Soudain, Maurice
entendit un bruit. Il se retourna et vit, surgissant de la brume, des yeux
jaunes inquiétants : les loups ! Le cheval, terrorisé, fit un écart. "Tout doux,
Philippe !" Maurice tenta de calmer sa monture, mais en vain. Un loup
hurla, Philippe se cabra, désarçonna son cavalier et s'enfuit dans la nuit.

Maurice se releva péniblement.
Les hurlements des loups se
faisaient plus proches. Il fallait fuir.
Maurice se mit à courir à travers la
forêt, gêné par les épais fourrés,
trempé par l'eau qui s'égouttait des
branches basses. Les loups allaient
le rattraper… quand le vieil homme
se cogna contre un lourd portail
ouvragé qui s'ouvrit en grinçant.
Il se rua à l'intérieur et referma
vivement le portail derrière lui.
Juste à temps.

Hors d'haleine, Maurice traversa une cour déserte et se trouva bientôt devant la porte d'un mystérieux château. Il frappa, mais personne ne répondit. Il poussa la porte et entra timidement : "Il y a quelqu'un ?" demanda-t-il.

"Chut, Lumière, pas un mot…" chuchota un étrange réveil à un candélabre d'argent.

"Pendule, tu n'as pas de cœur, il a l'air épuisé !" répliqua le candélabre. Et s'avançant vers Maurice, il lui déclara : "Soyez le bienvenu, Monsieur !"

Un candélabre parlant ! Maurice n'en revenait pas. Stupéfait, il contemplait Pendule qui protestait : "Le maître ne veut pas d'étrangers ici !"

Tous les objets de cet étrange endroit semblaient doués de vie ; y compris la table roulante et la théière toute souriante qui lui proposa une tasse de thé.

Installé près du feu, l'inventeur savourait le liquide brûlant… "Qui s'est permis d'entrer chez moi ?" gronda une voix effrayante. Une bête horrible venait de pénétrer dans la pièce. Deux gigantesques pattes griffues arrachèrent le malheureux de son fauteuil…

Pendant ce temps, au village, Gaston avait pris
une grande décision : "Aujourd'hui, je vais
demander Belle en mariage. Elle va être folle de
joie, annonça-t-il à son ami Lefou... Rassemblons
les villageois !" Il alla de ce pas chez la jeune fille.
"Nous allons nous marier immédiatement !"
lui annonça Gaston dès qu'elle ouvrit la porte.

Belle fut si surprise, qu'elle le laissa entrer.
"Oh ! je suis désolée Gaston, je n'ai pas l'intention
de vous épouser", bredouilla-t-elle. Gaston ne la
crut pas et voulut la prendre dans ses bras. Dans
le mouvement qu'elle fit pour l'éviter, Belle poussa
la porte et Gaston alla s'effondrer dehors,
en plein dans une flaque de boue.

Humilié, le jeune homme se releva : "C'est un
jeu pour mieux me séduire, dit-il à la foule hilare.
Nous nous marierons plus tard !"

La foule, déçue, se dispersa. Il était l'heure de nourrir les poules et Belle sortit dans la cour. Entendant un bruit de sabots familier, elle se retourna, prête à accueillir son père. Mais le cheval était seul, le chariot derrière lui. Il était couvert de sueur et semblait épuisé.

"Philippe ! cria-t-elle, angoissée.
Où est Papa ?" Le cheval hennit
doucement et secoua la tête en
direction de la route.
Belle n'hésita pas un instant :
"Philippe, emmène-moi. Il faut
trouver mon père !"
Et, rassemblant ses jupes,
elle sauta sur la croupe
du cheval.

Quand Philippe et sa cavalière arrivèrent à l'endroit où Maurice avait quitté la route, le cheval hésita. Puis, courageusement, il pénétra dans les épais fourrés. Peu de temps après, ils arrivaient sans encombre devant le portail du château. "C'est ici, je suppose", dit Belle.

Elle entra dans le château. "Papa ? appela-t-elle. Es-tu là ?"
Comme son père auparavant, Belle ne remarqua pas tout de suite
les étranges silhouettes qui la suivaient discrètement.

"C'est elle ! murmura Lumière, celle que nous attendons depuis
si longtemps. Elle va lever la malédiction…"

Belle finit par découvrir Maurice au fin fond du donjon où la Bête l'avait
jeté : "Mon pauvre Papa, mais qui t'a fait cela ? Tu trembles, tes mains sont
glacées. Il faut trouver un moyen de te sortir de cet affreux endroit !"
Maurice, faiblement, murmura : "Non, Belle, va-t'en, sinon il va…"

"Qui ose encore troubler mon repos ?" gronda soudain une voix sourde. Belle se retourna et vit une silhouette massive dans l'ombre. "Je vous en prie, laissez partir mon père, cria-t-elle, il est malade et il a froid !" Le monstre, toujours dissimulé dans l'ombre, admirait la beauté de la jeune fille.

Mais il ajouta : "Cet homme restera là. Il n'avait pas à entrer chez moi." Belle supplia : "Mon père est vieux et fragile, moi je suis forte. Prenez-moi à sa place !" Alors, la Bête se montra et Belle hurla d'horreur…

"Jurez que vous resterez ici pour toujours !" dit
le monstre. Malgré sa terreur, Belle se reprit :
"Vous avez ma parole, libérez mon père."
Maurice, désespéré, voulut protester, mais rien n'y
fit. La Bête l'arracha de sa cellule et l'emmena
dans la cour du château. "Ramène-le au village",
dit-il à la chaise à porteurs qui attendait
docilement... Belle, en larmes, vit partir le vieil
homme sans même avoir pu l'embrasser.

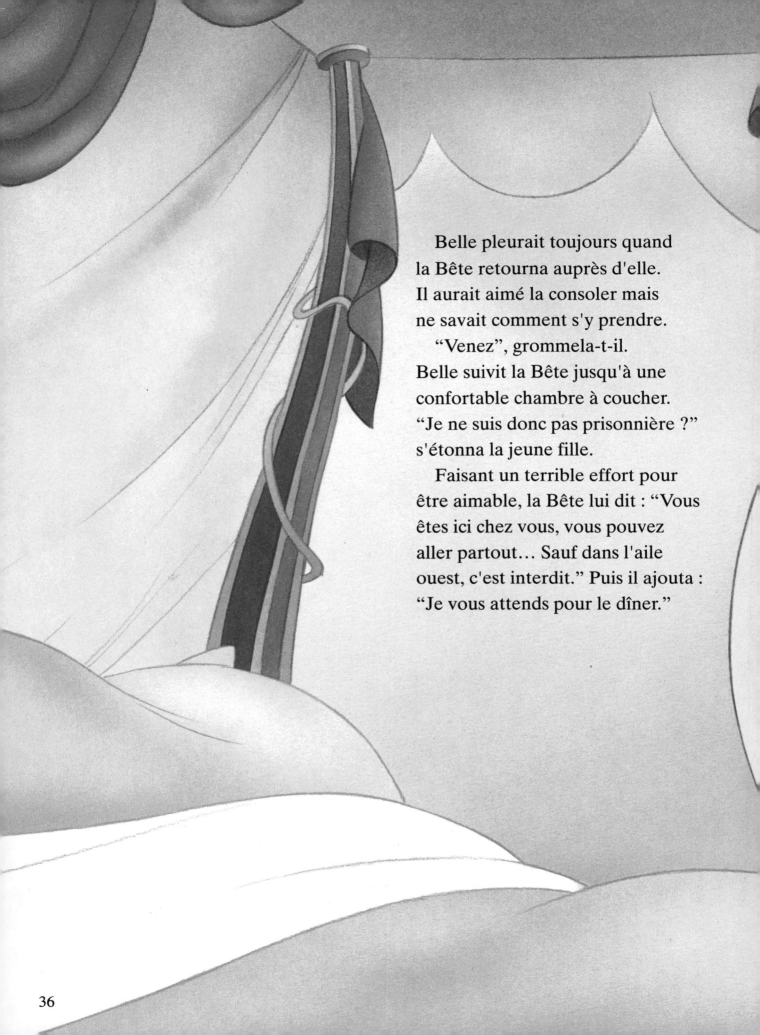

Belle pleurait toujours quand
la Bête retourna auprès d'elle.
Il aurait aimé la consoler mais
ne savait comment s'y prendre.

"Venez", grommela-t-il.
Belle suivit la Bête jusqu'à une
confortable chambre à coucher.
"Je ne suis donc pas prisonnière ?"
s'étonna la jeune fille.

Faisant un terrible effort pour
être aimable, la Bête lui dit : "Vous
êtes ici chez vous, vous pouvez
aller partout… Sauf dans l'aile
ouest, c'est interdit." Puis il ajouta :
"Je vous attends pour le dîner."

Et la Bête tourna les talons,
laissant Belle stupéfaite.

"Voyons, voyons, réfléchit
Armoire, comment allons-nous
nous habiller pour le dîner ?"
Elle ouvrit grand ses portes....

"C'est très gentil de votre part,
l'arrêta Belle, mais je n'ai pas
l'intention d'aller à ce diner."
"Oh ! mais vous le devez !" s'écria
Armoire, très inquiète, juste au
moment où Pendule apparaissait :
"Hum, hum, le dîner est servi !"

Dans la salle à manger, la Bête griffait rageusement la table servie pour deux : "Pourquoi est-elle si longue à venir ? Je lui ai dit que je l'attendais." Lumière s'agitait : "Maître, avez-vous remarqué que la rose commençait à faner ? Songez que cette fille pourrait rompre l'enchantement ! Vous allez tomber amoureux d'elle, elle va vous aimer, et crac, tout est fini, nous redevenons humains comme avant !" "Mais oui, je ne suis pas idiot", gronda la Bête impatiemment. "Oh, mais cela n'est pas si facile, rétorqua Madame Théière, ces choses-là prennent du temps et…" "Assez ! cria la Bête exaspérée, si elle ne vient pas dîner avec moi, elle n'aura pas de dîner du tout !"

Dans la taverne du village, Gaston remâchait sa déconvenue avec Belle, quand Maurice se rua à l'intérieur, couvert de boue et hurlant : "Au secours ! Il a pris Belle, il la tient enfermée ! Aidez-moi à la délivrer !" "Du calme ! Qui a pris Belle ?" demanda Gaston. "Une bête, une bête monstrueuse !" Croyant l'inventeur devenu fou, tous se moquèrent de lui. Deux hommes poussèrent vers la sortie le malheureux qui criait : "Ma fille, je vous en supplie, il faut aller la chercher !" Le visage de Gaston s'éclaira soudain ; il saisit par le cou son complice Lefou et lui dit à l'oreille : "Tout ça me donne une idée, je crois que j'ai trouvé quelque chose !"

Au château, cependant, Belle commençait à se sentir affamée. Elle se dirigea vers la cuisine et entendit le Fourneau qui se plaignait à Madame Théière : "Je travaille comme un forcené, et pour quoi ? Pour que mon délicieux repas finisse aux ordures !" Quand il vit Belle entrer et le regarder avec curiosité, le Fourneau se tut.

"J'ai un peu faim", avoua Belle timidement. "Oh ! c'est vrai ?" demanda Madame Théière ravie. "Allons-y ! ordonna-t-elle à ses amis. Ranimez le feu, réveillez les assiettes, secouez les couverts…"

"Le maître a interdit de lui donner à manger ! Il serait furieux si il savait", protesta Pendule. Mais nul ne fit attention à lui.

"Par ici, Mademoiselle, dit Lumière en introduisant Belle dans la salle à manger. Soyez notre invitée !" Et les bouteilles firent sauter joyeusement leur bouchon, les couverts se mirent à chanter et à danser. Les plumeaux firent une farandole, entraînant même Pendule qui finit par oublier sa contrariété.

Jamais de sa vie, Belle n'avait vu un aussi joli
spectacle. Elle riait et applaudissait sans arrêt. Mais
cela n'empêchait pas les ustensiles de lui servir les
plats les plus délicieux qu'elle absorbait de bon
appétit. Quand le banquet fut fini, Belle s'exclama :
"Bravo, c'était merveilleux ! A vous tous, merci !
Maintenant, j'aimerais bien visiter ce château."

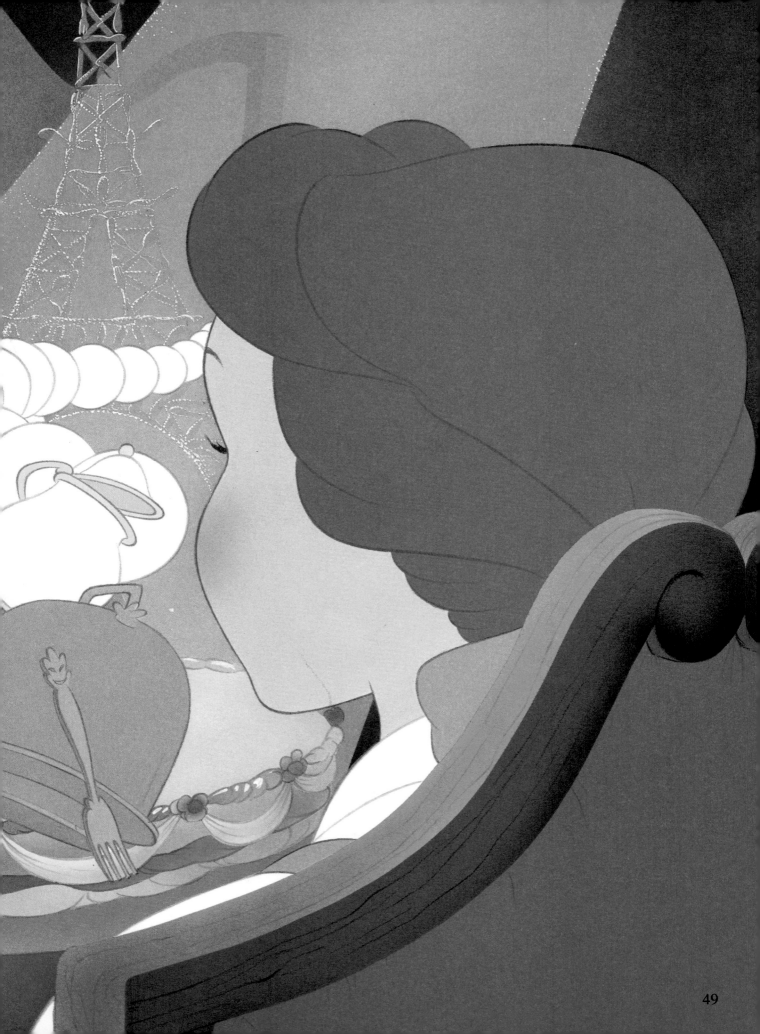

Belle, poussée par la curiosité, dirigea ses pas vers l'aile ouest. Au bout d'un long couloir aux murs couverts de miroirs brisés, se trouvait une lourde porte qu'elle poussa le cœur battant : c'était l'antre de la Bête, obscure, poussiéreuse, inquiétante…

Le regard de Belle fut soudain attiré par une lumière étrange : elle venait d'une cloche de verre, sous laquelle une rose achevait de se faner. Comme elle étendait la main vers la fleur mystérieuse, un hurlement de rage retentit. La Bête était là…

Belle, toute à sa découverte, ne l'avait pas
entendu entrer : "Vous avez osé surprendre mon
secret !" Les yeux flamboyants, l'horrible monstre
semblait prêt à fondre sur elle. Terrifiée, la jeune
fille se jeta hors de la pièce, dévala l'escalier
et se précipita dans l'écurie où Philippe l'attendait.

Et les deux s'enfuirent du château sans que
personne ne les poursuive.

Dans la forêt enneigée, un danger plus grave encore les menaçait :
les loups étaient là. Le cheval accéléra, mais les loups se ruèrent à leur
suite. Philippe, dans sa course folle, haletait, l'écume aux lèvres…

Un loup, plus rapide que les autres, parvint à le mordre au jarret.
Le cheval poussa un hennissement de désespoir et hélas, juste à ce
moment, ses rênes se prirent dans une branche. Philippe fut stoppé
net, jetant Belle à terre.

Belle se saisissait d'une branche pour défendre
sa vie, quand un grondement familier se fit
entendre : la Bête ! Elle l'avait suivie !

La meute, persuadée qu'on voulait lui disputer
sa proie, se jeta sur lui. Les échos d'un effroyable
combat retentirent dans toute la forêt.

Les loups s'agrippaient de toutes
parts à leur ennemi. L'un d'eux lui
mordit sauvagement le bras. Mais
la Bête ne sentait pas la douleur :
il défendait la jeune fille qu'il aimait.
Dans un sauvage rugissement, il jeta
l'animal au sol, le laissant inanimé.

Devant cette force monstrueuse,
les autres loups n'insistèrent pas.
Ils s'enfuirent piteusement.

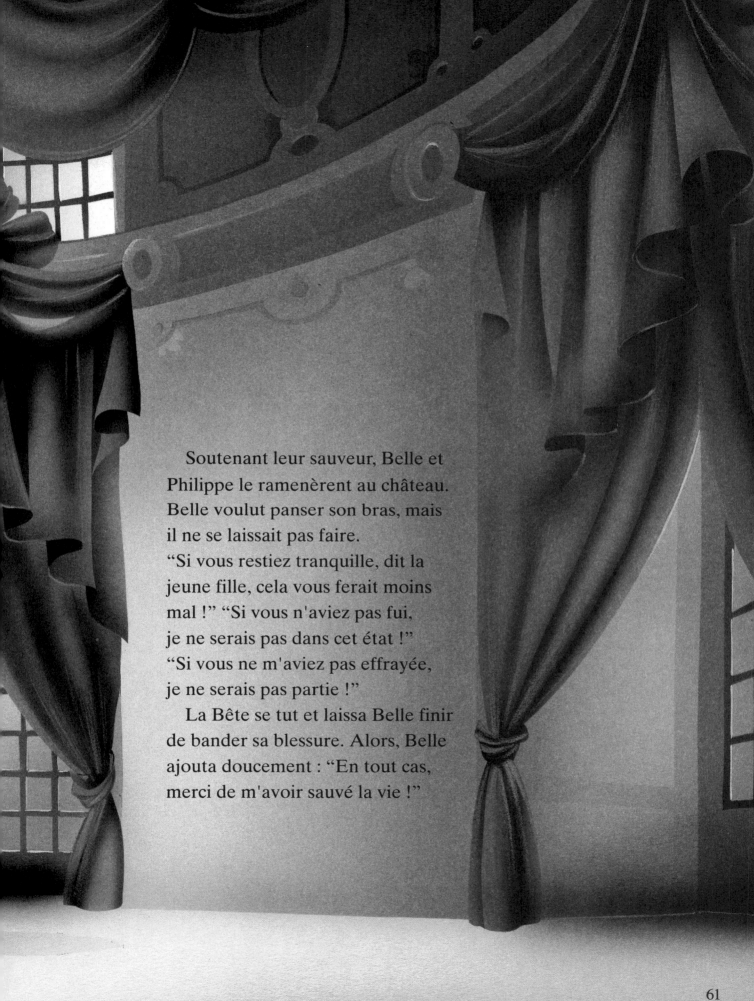

Soutenant leur sauveur, Belle et
Philippe le ramenèrent au château.
Belle voulut panser son bras, mais
il ne se laissait pas faire.
"Si vous restiez tranquille, dit la
jeune fille, cela vous ferait moins
mal !" "Si vous n'aviez pas fui,
je ne serais pas dans cet état !"
"Si vous ne m'aviez pas effrayée,
je ne serais pas partie !"

La Bête se tut et laissa Belle finir
de bander sa blessure. Alors, Belle
ajouta doucement : "En tout cas,
merci de m'avoir sauvé la vie !"

Toute la maisonnée fut enchantée de constater que l'ambiance entre Belle et la Bête devenait très amicale. La Bête emmena son invitée découvrir la bibliothèque où elle put prendre tous les livres qu'elle voulait. Puis ils déjeunèrent ensemble. Le maître du château s'était fait très élégant. Il fit un effort pour manger proprement au lieu de dévorer et pour converser gentiment au lieu de grommeler.

Après le repas, Belle lut à tous la légende du Roi Arthur et de la Reine Guenièvre. L'histoire était si romantique que Lumière en pleura. La Bête elle-même semblait émue.

Puis la Bête tendit maladroitement à Belle sa patte griffue.
Elle y posa sa main délicate et le suivit dans la salle de bal.

Là, au son d'une mélodie d'amour, ils dansèrent, suivis des yeux
par tous les ustensiles pleins d'espoir.

A la fin de la soirée, la Bête osa demander : "Belle, êtes-vous heureuse ici, avec moi ?" "Oui, si seulement je pouvais revoir mon père ne serait-ce qu'un instant !" répondit la jeune fille en soupirant. Ému par son chagrin, la Bête s'en fut chercher le miroir enchanté de la sorcière. Belle regarda et vit Maurice marchant dans la forêt, égaré à nouveau, tremblant de froid. "Papa ! cria-t-elle. Il me cherche, il est malade, je ne peux le laisser ainsi !" "Alors, allez le retrouver", murmura la Bête. Et il ajouta : "Prenez le miroir magique, il vous aidera. Et parfois regardez dedans pour m'y voir et pensez un peu à moi."

Du haut de son balcon, la Bête regarda Belle
enfourcher son cheval et galoper hors du château.
La jeune fille se retourna une dernière fois,
lui fit un signe de la main, puis disparut.

"Elle est partie", dit tristement la Bête. "Elle est
quoi ? cria Pendule. Comment avez-vous pu faire
une chose pareille ?" "Je le devais." "Mais
pourquoi ?" demanda Pendule au bord des larmes.
"Parce que je l'aime…" soupira la Bête.

Grâce au miroir magique, Belle retrouva son père sans difficulté. Elle le ramena à la maison et le coucha. Il était brûlant de fièvre et s'agitait sans cesse en délirant. Belle le soigna, le veillant toute la nuit. Au matin, Maurice se sentit mieux et Belle lui raconta toute l'histoire. Le vieil homme ne pouvait croire que la Bête avait laissé partir sa fille. "Cet horrible monstre ! Comment l'as-tu convaincu ?" "Je t'assure, il a changé !" Ils étaient si heureux de se retrouver qu'ils n'entendirent pas le brouhaha qui s'élevait devant leur porte. Les villageois s'amassaient autour d'une étrange voiture conduite par un non moins étrange personnage.

C'était la bonne idée du beau Gaston. Pour que Belle accepte de l'épouser, il fallait se débarrasser de son père. Gaston avait convoqué Monsieur d'Arque, le directeur de l'asile de fous, et lui avait expliqué que Maurice était bon à enfermer.

A présent, Monsieur d'Arque, escorté de Gaston et de son ami Lefou, se présentait chez Belle et voulait emmener Maurice. "Mon père est parfaitement sain d'esprit !" s'indigna Belle. "Il crie partout qu'il a vu un monstre horrible !" "Mais c'est la vérité !" protesta Belle. Et elle brandit le miroir magique et ordonna : "Montre-leur la Bête !"

Le terrifiant visage apparut aussitôt dans le miroir et les villageois hurlèrent. Monsieur d'Arque, affolé, bondit dans sa voiture et s'enfuit sans demander son reste. Cela ne faisait pas l'affaire de Gaston qui, voyant son plan échouer, eut une inspiration subite : "Le monstre va venir et prendre vos enfants ! cria le traître. A mort la Bête ! Suivez-moi tous !" Belle tenta de les arrêter, mais en vain. Gaston lui arracha le miroir, l'enferma avec Maurice dans la cave et envoya les villageois chercher bâtons, fourches et torches.

Guidé par le miroir, Gaston entraîna sa troupe à travers la forêt. Sur le chemin, ils abattirent un arbre et en firent un bélier. Pendant ce temps, Maurice et Belle avaient réussi à sortir de la cave : "Papa, je vais au château. Je dois prévenir la Bête !" Elle pressa Philippe tant qu'elle put, mais trop tard… Les assaillants étaient arrivés devant le château. Alertés par leurs cris, Pendule et Lumière se penchèrent à la fenêtre : "Nous sommes attaqués, allons chercher le Maître !"

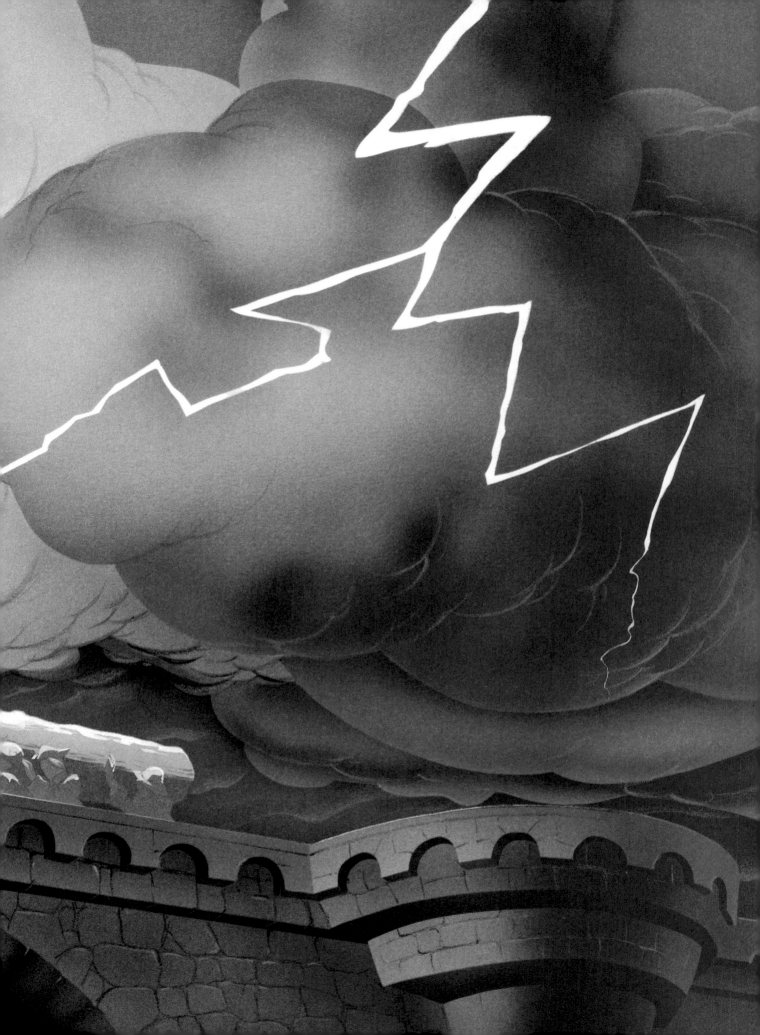

Mais la Bête, au désespoir d'avoir perdu son amour, ne leva même pas la tête quand les ustensiles affolés vinrent lui faire part du danger.

"Laissez-moi en paix, dit-il sombrement. La mort sera la bienvenue..."

Courageusement, Pendule et Lumière s'organisèrent seuls.

Les villageois enfoncèrent la lourde porte à grands coups de bélier et se trouvèrent stupéfaits, face à face avec une armée d'objets dont les intentions belliqueuses ne faisaient aucun doute.

La bataille faisait rage dans le hall. Gaston, lui, cherchait son ennemi dans les couloirs du château.

Enfin, il le surprit dans son antre. La Bête recula en grondant sans faire mine de se défendre. "Ah, c'est comme ça, tu ne veux pas te battre !" cria Gaston. Brandissant un terrible gourdin, il força la Bête hors de son refuge et l'entraîna sur le balcon. A cet instant, un éclair déchira le ciel, le tonnerre gronda et des trombes d'eau s'abattirent sur eux.

Belle, qui arrivait enfin, leva les yeux vers les tours du château. La gorge serrée d'effroi, elle vit la Bête sans défense, poussée par Gaston sur le rebord du toit et prête à tomber à la renverse. "Non !" cria-t-elle. Sautant à bas de son cheval, elle se précipita dans les escaliers.

En entendant la voix de sa bien-aimée, la Bête retrouva toute sa force et son courage. Dans un rugissement, il se jeta sur Gaston et le saisit à la gorge de sa patte griffue. "Pitié ! Lâchez-moi", pleurnicha Gaston.

La Bête hésita, puis repoussa violemment Gaston. Il était devenu trop humain pour tuer. Il se tourna vers Belle qui arrivait à ce moment.

Belle se jetait dans les bras de son ami, quand Gaston tira un poignard de sa botte et frappa traîtreusement la Bête dans le dos. Surmontant sa douleur, la Bête fit volte-face avec un grondement terrifiant. Blanc de peur, Gaston fit un pas en arrière.

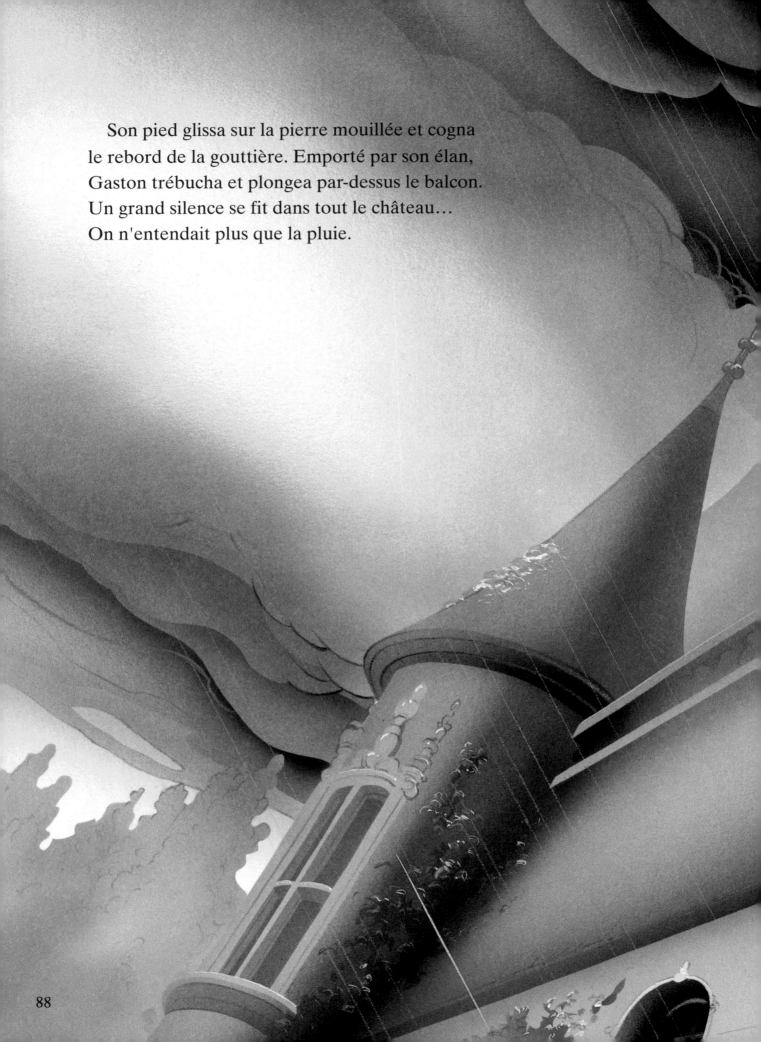

Son pied glissa sur la pierre mouillée et cogna
le rebord de la gouttière. Emporté par son élan,
Gaston trébucha et plongea par-dessus le balcon.
Un grand silence se fit dans tout le château…
On n'entendait plus que la pluie.

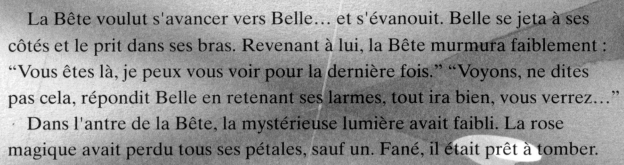

La Bête voulut s'avancer vers Belle… et s'évanouit. Belle se jeta à ses côtés et le prit dans ses bras. Revenant à lui, la Bête murmura faiblement : "Vous êtes là, je peux vous voir pour la dernière fois." "Voyons, ne dites pas cela, répondit Belle en retenant ses larmes, tout ira bien, vous verrez…"

Dans l'antre de la Bête, la mystérieuse lumière avait faibli. La rose magique avait perdu tous ses pétales, sauf un. Fané, il était prêt à tomber.

"Je vais mourir, dit la Bête, et c'est peut-être mieux ainsi." "Non !" cria Belle en éclatant en sanglots. Et, se penchant vers lui, elle l'embrassa en disant : "Ne me quittez pas. Je vous aime…"

Le dernier pétale de rose était
tombé et Belle pleurait, effondrée
sur l'épaule de la Bête.

Soudain, la pluie devint
étincelante, les gouttes brillaient
comme des étoiles. Une subtile
atmosphère de magie envahit l'air.
Belle leva la tête. La Bête avait
ouvert les yeux et s'était redressée.
Ses pattes griffues s'étaient
transformées en longues mains
blanches. Il toucha son visage…
Il était doux et lisse.
"Belle, c'est moi !" dit le Prince.

Envolée la malédiction ! La rose avait fleuri à nouveau. Peu à peu, chacun reprenait sa forme première : Pendule devenait un pompeux majordome, rondelet et court sur pattes, Lumière un aimable, long et maigre maître d'hôtel, Madame Théière, une grassouillette cuisinière toute souriante. Et Belle contemplait son beau Prince, transformé par l'amour.

Tous les habitants du palais étaient redevenus
humains. Ils se regardaient les uns les autres avec
des larmes de joie. Dans la salle de bal, Belle et
le Prince dansaient…

Plus tard, ils se rendirent sur le balcon.
Le soleil perçait la brume qui avait assombri
si longtemps le château. Il éclaira leurs visages
heureux. Leur amour avait chassé la malédiction,
et rien ne pourrait plus les séparer.

Cette édition est publiée par Les Éditions Phidal, 5518 Ferrier, Mont-Royal (Quebec), CANADA H4P 1M2
Adaption de l'image: Van Gool- Lefèvre - Loiseaux
Produit par Penguin Books U.S.A. Inc., 375 Hudson Street, New York, New York 10014
ISBN 2-89393-145-6

10 9 8 7 6 5 4 3 2 1